綠窗遺藁

鈔本重栞

嘉慶己卯七月雲間
嘯園沈氏刊越一百
九十五秊甲午二月
槧古樓重刊

綠牕遺藁序

故妻孫氏蕙蘭蚤失母父周卿先生以孝經論語及凡女誡之書教之詩固未之學也因其弟受唐詩家法於庭取而讀之得其音格輒能爲近體五七言語皆閒雅可誦非苟學所能至者然不多爲又恒毀其藁家人或竊收之令勿毀則曰偶適情耳女子當治織紝組紃以致其孝敬辭翰非所事也既卒家人哭而稱之因出其藁得五言七首七言十一首五七言未成章者二十六句特爲編集成帙題曰綠牕遺藁序而藏之泰定五年九月既望新喻傅若金汝礪序

綠牕遺稾目錄

附傳若金詩目

緑牕遺藁

牕前柳

牕裏人初起牕前柳正嬌捲簾銜落絮開鏡見垂條坐對分金線行防拂翠翹流鶯空巧語倦聽不須調

試茗

小閣烹香茗踈簾下玉鈎燈光翻出鼎釵影倒沈甌婢捧消春困親嘗散暮愁吟詩

因坐久月轉晚妝樓

絶句

燈前催曉妝把酒向高堂但願梅花月年年映壽觴

其二

采閤閉朝寒妝成擬問安忽聞春雪下喚婢捲簾看

其三

粲粲梅花樹盈盈似玉人甘心對冰雪不愛豔陽春

其四

小小春羅扇團團秋月生蟠桃花樹裏繡得董雙成

其五

自拂雙眉黛何曾慣得愁若教如翠柳便恐不禁秋

七言絶句

樓前楊柳發青枝樓下春寒病起時獨坐小牕無氣力隔簾風亂海棠絲

其二

綠牕寂寞掩殘春繡得羅衣懶上身昨日翠帷新病起滿簾飛絮正愁人

其三

小妹方纔習孝經可憐嬌怯性偏靈自尋

女誡牕前讀嗔道家人不與聽

其四

幾點梅花發小盆冰肌玉骨伴黃昏隔牕久坐憐清影閒劃金釵記月痕

其五

繡被寒多未欲眠梨花枝上聽春鵑明朝又是清明節愁見人家買紙錢

其六

春雨隨風濕粉牆園花滴滴斷人腸愁紅怨白知多少流過長溝水亦香

其七

春風昨夜碧桃開正想瑤池月滿臺欲折一枝寄王母青鸞飛去幾時來

其八

空階日晚雨纔乾小婢相隨倚畫闌金釵誤挂緋桃落羅袖愁依翠竹寒

其九

小牕今夕繡鍼閒坐對銀蟾整翠鬟凡世何人到天上月宮依舊似人間

其十

乞巧樓前雨乍晴彎彎新月伴雙星鄰家小女都相學鬪取金盆看五生

其十一

庭院深深早閉門停鍼無語對黃昏碧紗牕外初生月照見梅花欲斷魂

未成章詩 五言

露下庭梧葉風吹月桂花 登樓聞過雁開户見棲鵶 繡簾當雪捲銀燭背風然雪晴山顯翠風暖水生紋 萱草當階綠櫻桃落地紅 芍藥開時病荼蘼落處愁 玉釵簪茉莉羅扇繡芙蓉

又七言

牕前垂柳分春色鏡裏幽蘭對曉妝　花間影過那知燕柳外聲來不見鶯　慈親教婢回金翦驕妹嗔人奪繡鍼　妝成寶鏡楊花過行出珠簾燕子歸　自傾甕裏春泉水親灌階前石竹花　海棠帶雨臙脂濕楊柳凝烟翡翠濃

附傅若金詩

悼亡詩四首

驚飈吹羅幙明月照階戺春草忽不芳
秋蘭亦同死斯人藴淑德夙昔明詩禮
靈質奄獨化孤魂將安止迢迢湘西山
湛湛江中水水深有時極山高有時已
憂思何能齊日月從此始

其二

皇天平四時白日一何遽勤儉畢婚姻
新人忽復故衾裳斂遺襲棺槨無完具
送葬出北門徘徊但歸路玉顏不可恃
況乃紈與素纍纍花下墳鬱鬱塋間樹
他人諒同此胡爲獨哀慕

其三

新婚誓偕老恩義永且深旦暮爲夫婦
哀戚奄相尋涼月燭西樓悲風鳴北林

空帷奠巾節中房虛織紝辭章餘婉孌
琴瑟有餘音睠言瞻故物惻愴內不任
豈無新人好焉知諧我心掩穴撫長暮
涕下沾衣襟

其四

人生貴有別家室各有宜貧賤遠結婚
中心兩不移前日良宴會今爲死別離
親戚各在前臨訣不成辭旁人拭我淚

令我要裁悲共盡固人理誰能心勿思

感獨

幽幽蕙草晚靡靡蘭芳斷皎皎夜泉人
冥冥不復旦流塵棲暗壁涼吹驚虛幔
無論歡意消日復愁思亂魂傷夕方永
氣變秋將晏當牕慘斷素揖篋悲柔翰
憶初成好合誓且同憂患何言遂長終
獨處增永歎寢寤忽如在展轉驚復散

念茲何嗟及哀至聊自判

百日

人生悲死別矧在心相知新婚未及久
杳杳遠何之昔爲連理本今爲斷腸枝
相去時幾何百日奄在茲虧月有圓夕
逝水無還期棄置非人情何以爲我思

入室

妝閣閉長夜幽蘭坐復春猶疑挑錦字
不見掩羅巾故物空在目蕭條生網塵

其二

虛牕明月滿芳砌綠苔滋花間時染翰
尚憶解題詩寂寞幽泉下貞心空自知

追和蕙蘭韻

小牕閑畫碧桃枝惶德青鸞化去時昨
夜秋風妒幽怨夢中吹斷素琴絲

其二

江上愁時復值春帶圍寬盡不宜身階
前舊種櫻桃樹日暮飛花故著人

故妻孫碩人殯志

君諱淑字蕙蘭姓孫氏其先汴人年二十三歸我於湘中五月而卒君高朗秀惠生六歲母卒父教以書稍長習女工晨起獨先盥櫛適父母所問安畢佐諸母具食飲退治女工晡時觀經史或鳴琴自休既夕聚家人瞑坐說古貞女孝婦傳燭至治女工如初富貴家多求婚

父不許及以許余家人不悅一日有幸余疾者欲因動之君曰大人以愛子許人必慎所擇矣即有不諱命也若等謂我且慕世俗富貴而改聘邪有死而已皆愧謝不敢復言事繼母盡孝道死之日母大慟既瞑目久忽徐起止母哭令自寬及母出私泣告余曰妾爲父母所偏愛即死必傷其心然終必死矣爲將

奈何君後富貴幸念之言既復瞑目泰
定五年八月廿有一日也後三日寓殯
湘中若金志

跋

嗟夫孫氏之詩依乎禮義先生之詩哀而不傷舉得性情之正是可傳也已南邨跋

嘉慶己卯秋雲間嘯園沈
氏從平湖錢氏借本刊行

往年沈君綺雲有唐宋婦人集之刻皆借本於余家而余爲之校讐付梓者也復欲刻斷腸集以儷之一時苦無善本遂不果行及余購得元刊注本而綺雲已歸道山未竟此事人咸惜之頃其令弟十峯訪余以緑牕遺藁屬爲付梓云是鈔自平湖錢夢廬家藏本余以元詩選校正誤字入刻刻垂成十峯又從四朝詩選及宋元詩會校一過七言絶句内隔簾風亂海棠絲亂作斷小窓今夕繡鍼閒夕作日録其異字示余余謂前據元詩選校正者實係訛舛之處至於各本異字可附存而不必據改也因爲小跋存其校字并著顛末俾人知沈氏昆仲皆好風雅留傳昔賢著述藝林佳話永垂不朽云

嘉慶己卯秋七月吳縣黃丕烈識

圖書在版編目(CIP)數據

緑窗遺稿 / (元) 孫蕙蘭著. -- 北京 : 文物出版社,
2015.5

ISBN 978-7-5010-4264-7

Ⅰ. ①緑… Ⅱ. ①孫… Ⅲ. ①古典詩歌-詩集-中國
-元代 Ⅳ. ①I222.747

中國版本圖書館 CIP數據核字(2015)第 089302 號

ISBN 978-7-5010-4264-7

9 787501 042647 >

緑窗遺稿 一函一册

[元]孫蕙蘭 著

責任編輯 李緡雲
責任印製 梁秋卉
出版發行 文物出版社
地　　址 北京市東城區東直門内北小街二號樓
雕版刻印 揚州藝古齋
開　　本 三三〇×二一〇毫米
版　　次 二〇一五年五月第一版
　　　　 二〇一五年五月第一次印刷
印　　數 一—三〇〇
書　　號 ISBN 978-7-5010-4264-7
定　　價 壹仟零貳拾圓整 硃砂本